KB073558

힘들어? 그래도
해야지 어떡해

일러두기
· 작가의 글맛과 재미를 살리기 위해 그림 속 글은 작가의 표기를 따랐습니다.
· 일부 글은 대중적으로 잘 알려진 밈(meme)을 차용했습니다.

작가의 말

현대사회는 우리를 끊임없이 바쁘게 만들고, 복잡한 인간관계와
다양한 역할 속에서 살아가도록 합니다. 그 과정에서 우리는
종종 '찌질한' 감정들, 즉 스스로 보잘것없다고 느끼는 감정들을
마주하지만, 부끄러움과 두려움 때문에 깊숙이 숨기게 됩니다.

바로 이러한 숨겨진 감정들을 솔직하게 마주하고, 새로운 통찰과
치유를 찾았으면 하는 마음에서 이 책을 쓰게 됐습니다.
《힘들어? 그래도 해야지 어떡해》는 우리가 일상에서 느끼는
복잡하고 어지러운 감정들을 귀여운 일러스트로 표현한 책입니다.
각 페이지의 그림과 이야기는 우리가 겪는 스트레스와 혼란스러운
감정들을 그려내며, 독자들이 자신의 감정을 솔직하게 바라보고
공감할 수 있도록 도와줍니다.

이 책은 바쁜 일상에서 마음의 여유를 찾고 싶은 모든 사람을 위한
것입니다. 복잡한 인간관계에 지치고, 사회생활의 압박 속에서

힘들어하는 분들에게 위로와 공감을 전하고 싶습니다.
또한, 자신의 '찌질한' 감정을 솔직하게 마주하려는 분들에게
작은 위안과 웃음을 주며, 그 감정들을 함께 나누고 치유할 수
있는 계기가 되기를 바랍니다.

이 책은 팀원 3명이 함께 써 내려갔습니다.

곽유미 : "행복하자 아프지망고."
김우리 : "1도 도움 안 되는 고민 따위 집어던지고 나랑 같이
　　　　 마라탕이나 먹으러 갈 사람?"
도경아 : "로또 당첨을 꿈꾸면서도, 지금 일상은 즐겁길!"

꽉몬 : 날기가 귀찮아 펭귄 코스프레 중인 오리 종족. 통통한 뱃살과 얇은 팔다리, 얼빵한
　　　　 표정은 현대인과 닮았다.

CONTENTS

귀여운
제가 왔습니다

Part 2. 절망할 시간이 있으면 맛난 거 먹고 잘래

Part 3. 길 위의 돌은 걸림돌인가 디딤돌인가

Part 1

이게 꿈이 아니라면
그냥 기절시켜주세요

누가 나를 사랑해줄까

나는 어려서 어른들에게 사랑받으려고 참 애썼다.
누나라는 책임감과 착한 딸이 돼야겠다는 마음으로.

초등학교 5학년 때, 친동생과 친척 동생까지
총 다섯 명을 챙겨 밖에서 놀아야 하는 임무가 주어졌다.
나는 아주 용감하게 아이들을 데리고 집 밖으로 나왔다.

그런데 이게 웬걸?
이 아이들은 내 말을 전혀 따르지 않았다.
한 걸음 한 걸음 떼는 것도 어려울 지경이었다.
뭐라도 먹이면 조용해지겠지 싶어 햄버거 가게로 갔더니
5분 만에 다 해치우고는 나가자고 떼 쓰는 아이들과
안 먹겠다고 떼 쓰는 아이들이 날 반겨줬다.

포기하고 노래방으로 장소를 옮겼다.
다루기 쉬울 거라고 생각했는데, 역시 어림도 없었다.
마이크 한 개에 두세 명씩 달라붙어 고래고래 소리를 질러댔다.
결국 폭발한 나는 '착한 사촌 언니(누나)'의 탈을 벗고
머리에 꿀밤을 한 대씩 때려버렸다.
(당시에 나도 열두 살 아이였으니 다른 방법이 없었다.)

나는 아이들을 더 잘 돌볼 수(부릴 수) 있게 됐다.
덕분에 이모들의 사랑을 듬뿍 받았지만
이후로 착한 딸이 돼야겠다는 마음을 고쳐먹었다.

'착한', '좋은'처럼 애매한 형용사에 갇히지 않게 주의하자.
모든 사람에게 사랑받으려고 애쓰다 보면,
결국 그 모든 사람에서 '나'는 빠지게 된다.

가장 사랑받으려고 노력해야 하는 대상은
다름 아닌 나 자신이다.
'내가 나에게 사랑받으려고 애쓰는 것'
그게 바로 내가 해야 할 일이다.

스스로 봐줄 만하고 사랑해 줄 만하면 다른 누군가에게도
충분히 사랑받을 만한 사람이 돼 있을 것이다.

미안한데 잠시 쉬어갈게요

어떤 사람은 샤워하는 데 1시간 12분 정도 걸린다고 했다.
정확히 말하면, 샤워하려고 마음먹기까지 1시간 걸리고
실제로 샤워하는 시간은 총 12분이라고 한다. (난가?)

나는 일을 시작한 김에 몰아서 하는 편이다.
예를 들면 한 번에 일주일 치 인스타툰을 6시간 동안 그리고
3주 치 유튜브 영상 편집을 24시간 동안 한다.

혹시 몰아서 일하는 버릇 때문에
해야 할 일이 많아서 마음먹기가 힘든 것일까?
나는 이 질문이 마치 '닭이 먼저냐, 달걀이 먼저냐' 같았다.

말 나온 김에, 닭과 달걀 중 뭐가 먼저인지 궁금해서 검색했다.
둘 중 뭐가 맞는지 구구절절 누가 정리해놓은 글을 봤다.
(물론 귀찮아서 다 읽기는 그만뒀다.)
시도 때도 없이 이런 생각의 흐름을 거치니까
일하기가 힘든 것일까?

위 예시는 농담이고, 실제로 일할 때는
좀 더 실질적인 고민에 빠져 있었다.

'인스타툰으로 뭘 그려야 팔로워가 늘까?'
'공감할 수 있는 소재를 찾자. 근데 소재 찾기가 어렵다.'
'역시 만화보다는 아찔 캐릭터로 피규어를 만들고 싶다.'
'하지만 나는 제작비가 없어서 만들 수 없다.'
'근데 만든다고 한들 과연 잘 팔릴까.'
'잘 팔리려면 인스타그램 팔로워가 많아야 한다.'
'결국 인스타툰을 그려야 한다.'
'그래 얼른 그리자.'

난 일을 미루는 게 아니다.
잠시 쉬면서 좋은 영감과 아이디어를 찾는 중이다.
그러니 잠깐만 쉬었다가 하겠다.

이불 그만 차는 방법

'그렇게 했으면 더 좋았을 텐데.'
'그렇게 안 했으면 지금 상황이 더 나았을 텐데.'
'그냥 내가 먼저 미안하다고 할걸.'
'그 말은 기분 나쁘다고 그 자리에서 표현할걸 그랬나?'

꼬리에 꼬리를 무는 후회 타임의 결말은
'이불킥'과 불면증이다.

과거에 대한 집착은 현실에 아무 도움도 되지 않는다.
차라리 '그런 상황이 또 온다면 그땐 어떻게 행동해야겠다'
정도의 부담 없는 다짐으로 마무리 지으니까
고민이 짧아지고 금방 잠들 수 있었다.

"과거의 나는 내가 필요 없고, 미래의 나는 내가 필요하다."
누군가가 했던 말이 떠오른다.
지금의 나는 미래의 나를 위해 걱정과 후회는 덜 하고
잘 땐 푹 잤으면 좋겠다.

우리 모두 굿밤!

오늘 할 일 목록

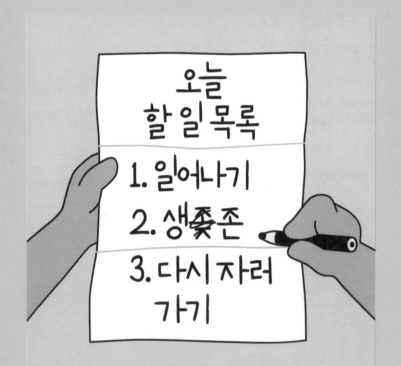

매일 할 일을 정리하면 아마 이렇지 않을까?

1. 일어나기
우선 침대 밖으로, 그리고 집 밖으로 나가야 한다.
이때 생각이 많아지면 절대 안 된다.
부정적인 마음이 들기 전에 얼른 나를 밖으로 내던져야 한다.

2. 생존
'존'의 받침을 'ㅈ'으로 썼다가 다시 고쳤다.
낯선 환경에서 생존하기란 특히 어려운 것 같다.
미국에서 어떻게든 먹고살기 위해 영어를 막 내뱉었다.
그렇게 발버둥 치니까 영어 실력이 많이 늘긴 했다.

3. 다시 자러 가기
오늘도 잘 버텼다고 뿌듯해하며 침대로 쓰러진다.
혹은 너무 힘들고 지쳐서 눈물의 잠을 청한다.

'오늘 할 일 목록'을 반복하다 보면
계절이 바뀌듯 내 삶에도 변화의 바람이 불어올 것이다.

그냥 해, 안 되면 울어, 그리고 다시 해

"그냥 해."

생각이 너무 많으면 시작조차 겁난다.
아무 생각 없이 하는 것도 용기다.

"안 되면 울어."

정말 하기 싫은데 억지로 해야 하는 일이 있다면
참지 말고 감정을 쏟아내는 건 어떨까.

"그리고 다시 해."

이제 복잡했던 생각이 정리되고
객관적으로 상황을 판단할 수 있게 된다.

"그래도 해야지 어떡해."

왜냐하면 당신에게는 입을 벌리고 기다리는 통장이 있다.

돈이나 밝히는 사람

왜 뼈 빠지게 일해도 돈이 없는 걸까?

어느 날 유튜브에 '돈 버는 방법'을 검색해서 영상을 봤는데
돈을 많이 벌려면 마치 썸처럼 돈과 밀당을 하라던
방법이 가장 기억에 남는다.
그리고 꼬실 땐 돈이 좋아하는 걸로 꼬셔야 한다고 했다.
마치 길고양이를 생선 캔으로 꼬시듯이.

뭔 말인지는 알겠는데 그래서 어떻게 하라는 건지 모르겠다.
그냥 누가 물고기 잡는 방법 말고 물고기를 잡아서
살까지 발라서 입에 넣어줬으면 좋겠다.
됐고, 그냥 어느 부자가 내 계좌에 거액을 보내줬으면 좋겠다.
(솔직히 이 상상은 누구나 한 번쯤은 해봤을 것이다.)

나는 돈이나 밝히는 그런 사람이다.
오늘도 떼돈 버는 상상으로 하루를 버틴다.

과로사보다는 퇴사가 낫다

대기업에 다니는 친구가 주니어일 때 겪은 일이다.

프로젝트를 위해 한 달을 밤을 새우다시피 작업하고,
팀장에게 자료를 건네주러 가던 길이었다.
순간 어지러움을 느끼고 다리에 힘이 풀렸다고 한다.
그런 순간에도 내 친구는 '이대로 쓰러졌다가는 팀장님께
이 자료를 못 드리는데, 안 돼, 정신 차려.'라고 생각했다고 한다.
자료는 무사히 전달해드렸지만 그대로 응급차에 실려 갔다.
그 친구는 결국 과로로 일주일간 병원에 입원했다.

쓰러질 때도 회사 업무부터 먼저 생각이 났다는 게 씁쓸했다.
막상 나조차도 휴가 중이거나 갑작스레 몸이 아파도
일에서 완전히 자유로울 수 없었다.
늘 업무 연락을 신경 쓰고, 심지어 여행지나 병원에도
노트북을 챙겨 갔을 정도였으니까 말이다.

돌이켜 생각해보면, 꼭 그렇게까지 하지 않아도 괜찮았다.
내가 맡은 업무가 조금 딜레이된다고 해도
프로젝트에 큰 문제가 생기는 것은 아니었다.
'내가 아니면 안 돼'라고 착각했던 것 같다.

과도한 부담감과 스트레스는 오히려 일의 능률을 떨어뜨리고
신체적, 정신적 건강을 해칠 수 있어 조절이 필요하다.

의식적으로 완전한 휴식을 취하도록 노력하는 것이 좋다.
완전한 휴식이란 업무에서 벗어나 내 삶에 집중하는 것이다.

만약 회사에서 과중한 업무와
반복되는 야근을 강요하고
심지어 정신적으로 압박한다면 퇴사를 권한다.
과로사보다는 퇴사가 낫다.

소중한 당신의 삶이
업무 때문에 무너지지 않았으면 좋겠다.

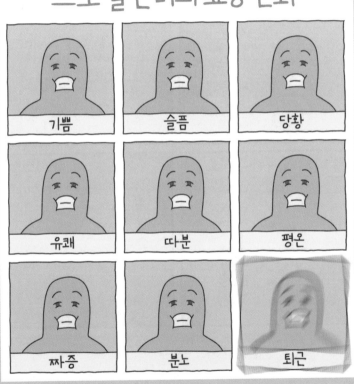

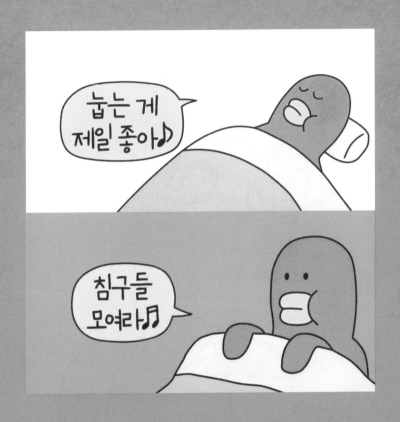

친밀한 인간관계 형성법

회식이란 '주기별로 이루어지는 친목 다지기'라고 생각한다.

어느 날, 마음의 준비를 할 겨를도 없이 회식이 잡혔다.
그날은 가장 친한 친구의 생일이었다.
마른 하늘에 날벼락을 맞은 나는 당황한 표정을 숨길 수 없었다.
내 속마음을 알아채셨는지, 과장님은 회식은 필참이 아니니까
마음 가는 대로 결정하라며 너그럽게 말씀하셨다.
잠시 생각했다. '진짜인가? 진짜 안 가도 되는 건가?'

그 순간, 일 처리 빠르기로 유명했던 대리님이
어딘가로 급히 전화를 걸었다.

"거기 ○○ 숯불갈비집이죠? 저희 오늘 7시에 7명 예약이요~"

우리 팀은 총 7명이었다.

"○○아 미안. 진짜 미안. 나 회식 잡혔어."

핸드폰을 내려놓고 깊은 한숨을 내쉬었다. 그리고 다짐했다.
친목 다지기에서 벗어나 언젠간 널 다지고 말 거라고.

더 좋아질 거니까

나에게는 취미가 하나 있다. 바로 '꿈 물어보기'다.
왜냐하면 상대방의 가치관을 엿볼 수 있는 질문이기 때문이다.

대답은 크게 '현실적인 목표로 대답하는 부류'와
'비현실적인 상황으로 대답하는 부류'로 나뉜다.
예컨대 현실적인 목표는 '건물주 되기', '사업으로 100억 벌기',
비현실적 상황은 '존경받는 사람 되기', '행복한 삶 보내기'다.

사실 '존경받기', '행복하기'처럼 추상적인 목표도 수치화해서
차근차근 좇다 보면 언젠가 가능할 수도 있다고 생각한다.
'하루에 한 번 가족과 통화하기',
'1년에 1번 모교에서 강의하기'처럼 말이다.

이 만화 대사처럼 다 컸을지언정
새로운 목표를 세우고 이뤄보는 건 어떨까.

우리 동년배들 아직 인생 많이 남았다.
더 '좋'게 돼보자.

나는 꽤 귀여울지도 몰라

이따금씩 열정에 불타 '갓생'을 살고 싶을 때가 있다.
'아찔' 그림도 자주 업로드해서 팔로워 10만 명을 모으고 싶고,
영어도 잘하고 싶고, 운동해서 매끈한 몸매도 갖고 싶다.

계획을 짜고 "나 완전 J 같았다!"(흔한 P 유형의 말버릇)
라고 외친 뒤 뿌듯해하며 잠든다.
그런데 다음 날이 되면 전날 짜둔 계획을 잊는다.

마치 피카츄가 라이츄가 되는 것처럼 멋진 진화를 꿈꾸곤 한다.
그치만 라이츄보다는 피카츄가 더 귀엽지 않은가?
그럼 나도 혹시 지금이 더 귀여운 게 아닐까?

나는 평균 키보단 크지만 뱃살이 있다.
독서는 좋아하지만 뉴스에는 관심이 없다.
진지한 말보다는 실없는 농담을 더 좋아한다.
재미없는 영화를 관람할 때 1.5배속으로 재생하고 싶다.

이 정도면 귀엽다고 할 수 있을까?
음, 잘 모르겠다.

그 욕심, 당장 내려놓자

리더가 되고 나서는 늘 다른 방법을 시도하며
어제보다 더 발전하려고 노력한다.

잘못된 방향으로 나아가면 나뿐만 아니라
팀원들의 시간과 에너지까지 낭비되기 때문이다.

내 부족한 실력 때문에 '아찔'도 망할 뻔한 적이 있다.
무리해서 제품 개발을 하다가 재정과 운영에 문제가 생겼다.

이때 욕심을 버리고 내 능력이 수용하는 그릇의 크기를
차근차근 넓혀야 함을 깨달았다.

나처럼 부족한 실력으로 깝치는 사람을 만난다면
본문의 그림을 전달해주자.

아주 아주 소박한 꿈

자본주의란 참 아름다운 제도다.

일한 만큼 돈도 벌고,

운 좋으면 그 이상을 벌 수 있다니….

너무 행복해서 이 만화의 마지막처럼

살짝 눈물이 난다.

눈물이 마르기 전에 로또를 사러 가야겠다.

왜냐면 이 아름다운 제도를 지키는

세금을 내기 위해서다.

미국 작가 앰브로스 비어스(Ambrose Bierce)는 이렇게 말했다.

"로또는 수학을 못 하는 사람들에게서 떼가는 세금이다."

내 인생의 가치

밥값 계산을 해보고 너무 놀라 흠칫했다.
한끼 6,000원, 하루 세 끼, 평균 수명 83.5세
이렇게 단순히 계산했을 뿐인데, 5억? 말이 되나?

'진짜 밥값은 하고 가는 것인가?'
'내 인생이 그 정도의 가치가 있는 인생인가?'

만약 이런 의문이 든다면, 나의 가치, 이 순간의 가치,
그리고 행복의 가치를 높여보는 건 어떨까?

예를 들어 내 한 끼의 가치가 10,000원이라면
6,000원은 먹는 데 써야 하니까 나는 4,000원을 버는 셈이다.
그럼 '한 끼 4,000원×하루 세 끼×365일×평균수명 83.5세 =
365,734,000원', 즉 3억 이상을 번다는 결론이 나온다.

아싸! 난 5억을 쓴 게 아니라 3억을 번 거다!

내가 하고 싶은 대로 할 거야

나는 청개구리다.
원래 하려고 했던 것도 남이 시키면 하기 싫다.

우리 팀원들은 나한테 맨날 잔소리한다.
그래도 팀원들이니까 말로는 "아오 잔소리!"라고 대들고
시키는 대로 하는 편이다.
뒷담은 아니고 칭찬이다. 정말 고맙다.
덕분에 '아찔'이 이만큼 커질 수 있었다.

책임감 있는 대표가 되기 위해 최대한 노력하면
초인적인 능력이 나오기도 한다.
(잔소리를 듣기 싫어서 그런 건 절대 아님.)

하지만 나도 어쩔 수 없는 인간인지라
너무 귀찮으면 가끔씩 무시하고 쉰다.

애들아 미안해. 나는 내가 하고 싶은 대로 할 거야.

나다운 게 뭔데?

'아찔(art + zzizil)'=갑자기 정신이 아득하고 조금 어지러운 그림

'아찔'도 '아찔다움'을 찾아가는 중이다.

최근 페어를 준비하다가 마우스패드를 급하게 만들었는데
이게 대박이 났다. 꽉몬 캐릭터 셋이
"견뎌, 이겨, 즐겨, 그래도 해야지 어떡해"라고 말하는
단순하지만 동기부여를 주는 제품이다.

마우스패드는 기존 제품들을 제치고 1등 인기 제품이 됐다.
제품의 기능과 가격, 디자인 삼박자가 잘 맞은 것 같다.
팀원들에게 선물한다고 대량으로 구입했다는 후기도 있었다.

앞으로도 '아찔다움'으로
여러분께 아찔한 경험을 선사해드리고 싶다.
그것이 내 할 일 중 하나다.

이 만화 속 꽉몬의 할 일은 귀여움으로 여러분을 유혹하는 것이다.
여러분의 할 일은 무엇인가?

목표를 위한 수단

살다 보면 하기 싫은 일을 꼭 해야만 할 때가 있다.

나는 그때마다 목표를 하나 만들고,
하기 싫은 일들을
그 목표를 이루기 위한 수단으로 만든다.
예를 들면 이렇게 말이다.

목표 : 친구들이랑 수다 떨기
수단 : 등교하기

목표 : 우리 집 고양이에게 좋은 사료, 간식 제공하기
수단 : 회사 출근해서 돈 벌기

그래, 그게 뭐라고, 까짓것 해주지.

더 이상은 못 참아

요즘 MZ들은 끈기가 부족하다고들 하는데, 그게 바로 나다.
나는 전공과 직업을 금방 여러 번 바꿨다.

만화 → 애니메이션 → 영화 → 광고 → 시각 디자인 → 회화 →
인스타툰

스티브 잡스가 인생은 'Connecting the dots(점 잇기)'라고 했다.
사실은 내가 지나쳐 온 이 모든 것들이 다 연결돼 있었다.
포기를 통해 나만의 개성, 매력, 장점을 발견할 수 있었다.

이 그림처럼 "여러분도 하던 일을 시원하게 그만두세요!"
라고 차마 말은 못 하겠다.
그냥 이 그림으로 대리만족을 하자.

남는 시간에 여러 분야를 경험하는 것을 추천한다.
그 경험들도 나중에는 본업과 어떻게든 연결되면서
분명히 도움될 것이다.

좌 우 명

완벽보단
성공

좌 우 명

실패에서 배우면,
실패는 성공이 된다

나라는 종교

한 번은 도밀걸이 우리집에 찾아온 적이 있다.

평소라면 집에 없는 척하는데 그날따라 괜히 심심했다.

"누구세요?"

"저희 딸이 설문조사 과제가 있어서요."

딸이라고 하니까 왠지 도와주고 싶어서 문을 열었다.

그런데 그 따님은 나보다 나이가 많아 보였다.

하긴 딸이 초등학생만 있는 건 아니니깐….

종교를 묻더니 갑자기 소파에 앉아 성경책(?)을 읽어줬다.

난 그냥 짧게 소통할 생각이었던지라 어이없었다.

30분 같은 5분이 흐르고, 바쁘다고 변명하며 그들을 돌려보냈다.

이후로 아무리 심심해도 모르는 사람과는 소통하지 않는다.

나는 나 자신과 소통한다.

주말이 짧게 느껴지는
과학적 근거

주말이 짧게 느껴지는 이유는 실제로 짧기 때문이다.

사실 대표가 된 요즘에는 주말에도 일한다.
(사실 지금 이 글도 주말에 쓰고 있다.)
소상공인은 일한 만큼 돈을 벌기 때문이다.

난 회사에서 일하는 게 싫어서 회사를 그만뒀는데,
오히려 그때보다 지금 일하는 시간이 더 늘었다.
가만히 있을 때조차 머릿속으로도 쉴 새 없이 고민한다.
거의 365일 24시간 일한다고 보면 된다.
제약이 줄어든 만큼 노동과 책임의 중요성이 더 커진 것 같다.

인생 쉽지 않다.
주말에 이 글을 쓰고 있기 때문에, 그냥 좀 투정 부려봤다.
(죄송합니다.)

차라리 음흉해지겠어

선의의 거짓말은 굉장히 편리하다.
불필요한 대화와 에너지 소모가 줄어들고
관계도 원만해진다.

가끔 어처구니없는 말을 하며
동의를 구하는 사람들이 있다.
이해는 안 되지만, 의문을 제기하기보다는
그냥, "넹"이라고 대답한다.
그럼 껄끄러운 상황에서 벗어날 수 있다.

어차피 상대방도 다음 날 되면
까먹을 쓸데없는 얘기다.
괜히 반대하면 삐쳐서 다음날,
혹은 다음에 만날 때까지,
혹은 평생 기억할지도 모른다.
상상만 해도 피곤하다.

그래서 나는 차라리 음흉해지기로 했다.

올바른 스트레스 해소법

친구랑 같이 킥복싱을 다닌 적이 있다.
일대일 대결을 했는데 그 친구가 선빵을 날렸다.
너무 아팠다.

그 친구가 나한테 맞으면 아파할 것 같아서 맞받아칠 수 없었다.
대신 샌드백을 때렸더니 스트레스가 좀 풀렸다.

욕설로는 분함이 안 풀리는 분들께는 킥복싱을 추천드린다.
킥복싱(폭력) 다음 단계가 필요한 분들께는
원인을 제거하라고 말씀드리고 싶다.

우아한 방식으로는 풀리지 않는 스트레스가 있다.
그냥 쌓아두다가는 결국 폭발해서
이 그림처럼 포악한 짐승이 될 것이다.

우리 모두 행복하자. 미치지 말고!

이게 꿈이 아니라면
그냥 기절시켜주세요

나는 개복치다.

스트레스를 받으면 기절까진 아니고, 흰머리가 난다.

(그럼 오히려 복어랑 비슷하려나?)

20살에 세상이 내 마음대로만 흘러갈 수 없다는 걸 깨달았다.

이후 예상 밖의 상황이나 사람을 만나면

'그럴 수도 있지', '오히려 좋아'라며 가볍게 넘기게 됐다.

신기하게 그날부터 흰머리가 안 났다.

지금은 나이가 들어서 그런지 다시 흰머리가 나기 시작한다.

흰머리 때문이라도 스트레스를 받지 않도록 최대한 노력 중이다.

힘들 기미가 보이면 얼른 도망친다.

여러분도 스트레스 받으면 이 그림처럼

기절한 척 잠이나 한숨 자러 가는 걸 추천드린다.

그게 더 건강에 이롭다.

안 그러면 흰머리 난다.

이제 할 일을 하자

도파민 중독의 과정

1. 할 일을 하려고 폰으로 일정을 확인한다.

2. 친구한테서 흥미로운 카톡이 온다.

3. 친구와 대화하다가 새로운 뉴스를 알게 된다.

4. 구글링한다.

5. 결과 페이지를 보다가 자극적인 제목의 유튜브를 클릭한다.

6. 2배속으로 빠르게 시청을 끝낸다.

7. 알고리즘에 뜬 추천 영상이 갑자기 궁금해진다.

8. 본다. 재밌다. 다음 영상도 궁금하다.

9. 본다. 재밌다. 다음.

10. 그러면 몇 시간이 지나 있다.

기분 좋은 몇 시간으로 내 욕망과
삶의 목적을 알게 됐다는 거창한 변명을 해본다.

미쳤니, 돌았니, 정신 차려. 이제 할 일을 하자.

절망할 시간이 있으면
맛난 거 먹고 잘래

말의 힘

지인 중에 유일하게 적이 없는 사람이 있다.
직업은 외제차 딜러고, 이 사람은 상대가 누구든
무조건 칭찬부터 하고 시작한다는 특징이 있다.

예를 들면 이런 말이다.

"난 오늘 기분이 꿀꿀해서 뭘 먹을지 고민했는데,
네가 추천해준 라떼가 오늘 내 기분을 업 시켜줬어.
넌 선택을 참 잘하는 것 같아."

이것이 말의 힘인 걸까?
원만한 인간관계를 유지하려면 꼭 필요한 것 같다.

몇 년 뒤 나중에 그와 더 친해지고 나서
그가 술자리에서 나에게 사실 하나를 알려줬다.
나는 아직도 그 말을 잊을 수 없다.

"너 그거 알아? 외제차 딜러 중에
거짓말쟁이 아닌 사람은 한 명도 없어."
'...엥...?'

내일부터 무조건 한다

"어제와 똑같이 살면서
다른 미래를 기대하는 것은
정신병 초기 증세다."

이 말을 들려주고 싶은 사람이 있다.
바로 내 친동생이다.

동생의 모습은 코로나19 전후로 나뉜다.
코로나19가 유행하기 전에는 매일매일 달리기 운동을 했었다.
그런데 지난 3년간 3번이나 코로나19에 걸리고,
집에서 한 발자국도 못 나가는 시간을 거치더니
감을 잃어버리고 말았다.

내 동생은 자기 전에 매일같이 주문을 외운다.

"내일은 진짜 무조건 뛴다!"

그 주문을 외우고 자면, 거짓말처럼 다음 날은 무조건 안 뛴다.
그렇게 그는 몸무게가 12kg 늘었다.

안 되면 되는 거 해라

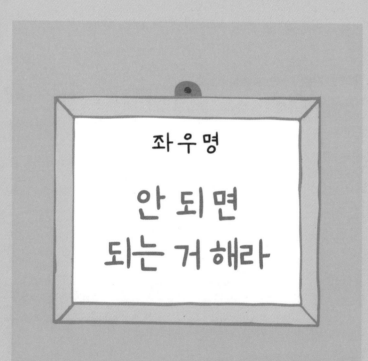

좌우명

안 되면
되는 거 해라

안 되면 될 때까지 해라 vs 안 되면 되는 거 해라
≒ 전통적인 방식 vs 린스타트업 방식

서로 다른 기업 운영 프로세스 방식을 소개해보려 한다.
먼저 전통적인 운영 방식은 '계획 기반'이다.
선례를 따라 계획을 짜고 차근차근 실행하면
초기 설정한 방향의 결과가 도출된다.
목표를 달성할 때까지 계속하기 때문에
'안 되면 될 때까지 하는 것'과 비슷하다.

린스타트업 운영 방식은 '가설 기반'이다.
최소한의 기능만 갖춘 제품을 신속하게 만들어 시장에 내놓고
빠르게 피드백을 받아 초기 가설을 검증한다.
이 과정을 반복해 개선해나간다.
피드백을 바탕으로 요리조리 발전시키기 때문에
'안 되면 되는 것을 하는 것'과 비슷하다.

나도 예전에는 일을 벌일 때 '계획 기반'으로 움직였다.
그림을 시작하고부터는 '가설 기반'으로 콘텐츠를 개발하고 있다.
마음에 안 들더라도 일단 SNS에 업로드해서 피드백을 받는다.

좋아요 수, 공유 수, 저장 수를 기반으로
다음 콘텐츠를 기획한다.

그 결과 내가 처음에 세운 계획과 원하는 결과를
무조건 따라야 했던 스트레스가 줄었다.
오히려 더 빠르고 올바른 방향으로 발전할 수 있었던 것 같다.

답을 모를 때는 일단 저질러보고 피드백을 받아보자.
처음에는 엄청 상처받을 수도 있다.
하지만 동시에 엄청 성장할 수 있다.

그러다 보면 나중에는 '확실하게 되는 것'만 남을 것이다.

견뎌, 이겨, 즐겨.
그래도 해야지 어떡해

요즘 취미로 폴댄스를 하고 있다.
지인 권유로 시작해 1년 넘게 계속 배우고 있다.

내 체중을 오롯이 팔에 의지해야 하니 힘이 많이 필요하고,
미끄러지지 않기 위해 폴에 피부를 마찰해야 해서 아프다.

처음에는 아프기만 하고 전혀 재미가 없었다.
일단 선결제한 3달 수강권을 생각하며 견뎠다.

견뎠더니 이겨냈고, 이겨내다 보니 이제는 즐기게 됐다.
즐기는 걸 넘어 아예 전문가 과정까지 수료했다.
어쩌면 나중에 폴댄스 학원을 운영하고 있을지도 모르겠다.

재밌기만 한 일이 과연 있을까?
끝까지 해내고 싶다는 마음이 조금이라도 있다면, 그냥 해보자!
아무 생각 없이 견디다 보면 언젠간 해낼 것이다.

우리 조금만 더 견뎌 보자. 파이팅이다!

나 지금 얼마나
잘하고 있는 거지?

항상 남들과 비교하는 치열한 인생을 살아왔다.
'무한 경쟁'이라는 굴레는 끝도 없는 듯하다.

이게 맞는 것일까?
각자 주어진 환경에서 최선을 다하고 있는데,
왜 다들 부족하다고 생각하는 걸까?
어느 순간부터 우리의 이상이 내가 아닌
남에게 맞춰진 게 아닐까 하는 생각이 들었다.

사회에서의 나의 '위치'가 아닌
내 인생 속에 나의 '정도'를 생각해보면 어떨까?

진짜 잘하고 있으니까 걱정하지 말길.
나를, 너를, 우리 모두를 응원한다!

지나갈 수 있게는 해주었다

엄마와 차를 타고 집으로 가던 길에 있었던 일이다.
정식 도로는 아니지만 차가 통행해야 하는 곳에
누군가 주차를 해둔 것이다.

어쩔 수 없이 우리 차는 옆으로 비켜 지나가야 했다.
난 "에이, 이런 곳에 주차하면 어떻게 해!"라며 불만을 토로했다.
그런데 운전하던 엄마가 이렇게 말씀하시며 웃어넘기시는 거다.

"지나갈 수 있게 해준 것이 어디야."

불편한 상황에서 부정적인 것에 에너지를 쏟지 않고
긍정적인 것에 집중하는 것.
나를 괴롭히는 부정적인 감정에 잠식당하지 않도록
기준을 다른 곳에 두는 것.

상대방이 아니라 나를 위해서
시각을 조금 바꿔보기로 했다.
돌아가야만 하는 불편함이 아니라
지나갈 수 있는 공간에 집중한 엄마처럼.

평온한 인간관계 유지법

10년 지기 친구에게 영문도 모르고 손절 당했던 적이 있다.
아무 설명도 없이 나의 모든 연락을 차단한 것이다.

처음에는 당황스럽고 화가 났다.
매정하고 냉정한 아이라고 친구를 탓했다가 나중에는 자책했다.
내가 잘못한 것이 무엇인지 끊임없이 곱씹었고,
이유도 모르면서 사과하는 문자를 보내기도 했다.
하지만 친구는 끝내 답하지 않았고, 우리의 관계는 끝났다.
아니, 끝내졌다.

주변 친구들은 입을 모아 "그럴 줄 알았다"라고 말했다.
돌이켜보니, 처음에 그 친구와 잘 맞는 사이도 아니었다.
여리고 섬세한 그 친구와 달리 나는 털털하고 장난기 많았다.

우리는 서로 기분 상하게 하지 않으려고 부단히 노력했다.
그것이 오히려 부담이 됐고, 점점 불편한 관계가 된 것 같다.

어린 시절 그냥 같은 학교 같은 반이라는 이유만으로,
맞지 않는 신발에 발을 구겨 넣고 다녔던 것이다.
어쩌면 그녀가 나보다 먼저 용기 있는 선택을 한 것일지도.

'친구면 무조건 이해해야지.'
'직장 상사의 지시는 무조건 받아들여야지.'
'부모님 말씀이면 다 맞지.'

우리는 이런 생각에 갇혀 자신을 얼마나 괴롭히고 있었던 걸까?
어떤 관계를 현명하게 정리하고 싶다면,
상대방과 있을 때 나의 모습을 돌이켜보는 것을 추천한다.
만약 그 모습이 스스로 마음에 들지 않는다면,
과감하게 끊어내고 그 관계에서 자유로워지는 편이 훨씬 낫다.

우리 모두가 불편한 관계에서 벗어나 자유로웠으면 좋겠다.
상대에게 상처 줄 것을 걱정하다가 도리어 나에게 상처 주지 말자.
칼날의 방향이 내가 돼서는 절대 안 된다.

그 누구도 날 아프게 만드는 것을 허락하지 말자.

개미처럼 일한다는 말의 뜻

산책하다가 개미들이 내 시선을 오랫동안 빼앗은 적이 있다.

개미들은 자기 몸보다 몇 배는 더 큰 짐을 지고
줄지어서 개미굴로 향하고 있었다.

개미는 가장 쉽게 찾아볼 수 있는 하찮은 존재 같지만,
사실 누구보다 부지런한 존재다.
그 작은 몸집을 가지고 쉴 새 없이 일하기 때문이다.

흔히 "개미처럼 일해봤자 개미만 한 돈밖에 못 번다"라고 한다.
하지만 맡은 바 책임을 다하는 성실한 개미를 두고
'개미처럼 일해봤자', '개미만 한' 같은 표현을 쓰는 게 맞을까?
오히려 '개미처럼 일해야지'라고 달리 생각해야 하는 건 아닐까?

우리도 개미처럼 끈질기게 노력하다 보면
지금의 100배, 1000배의 보상이 돌아오지 않을까?
긍정적으로 생각해보자.

나도 네가 필요하고
너도 내가 필요하고

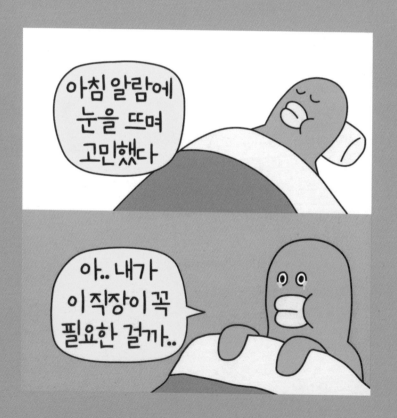

회사에서 일할 때 중요하게 생각하는 두 가지가 있다.

1. 이 직장은 나에게 꼭 필요한가?
2. 이 직장은 내가 꼭 필요한가?

나는 회사와 개인이 서로 윈윈하는 관계여야 한다고 생각한다.
회사의 성장과 개인의 성장이 동반되는 곳에서 일하고 싶었다.
이것이 내 결정적인 이직 사유이자 퇴직 사유였다.

어떤 회사에서 새로운 포지션을 만들고 나를 채용하기를 원했다.
기존 업무와는 달랐지만 꼭 해보고 싶었던 분야라
긴 고민 끝에 이직을 결정했다.

스타트업 회사라 1인 다역은 물론,
낯설었던 업무라 많은 공부와 시간이 필요했다.
그럼에도 그 과정들이 재미가 있었다.
점점 나의 역량이 커지고 있다고 느꼈고
다양한 분야를 이해하는 통찰력이 생기는 소중한 경험이었다.

업무적으로도 좋은 성과를 냈다.
제품 개발을 위해 여러 부서가 소통해야 하는 상황이었는데,
높은 이해도와 갈고닦은 개인 역량을 발휘해 잘 마무리했다.
인사평가에서도 좋은 결과를 받았다.

하지만 그 회사는 사정이 어려워지자, 내가 몸담았던 분야에
투자를 줄이고 다른 데 집중하기로 했다고 전했다.

나는 고민 끝에 사표를 던졌다.
회사의 이러한 방향성은 나의 성장을 멈추게 할 것이고,
그러면 회사의 성장에도 일조하지 못할 거라고 생각했다.

이직과 퇴직이라는 이 모든 선택에 후회는 없다.
나는 어떤 자리에 있든 '필요한 사람'이고 싶기 때문이다.

당신과 당신의 직장은 서로가 필요한 사이인가?

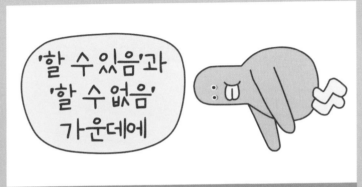

지금보다 잘하면 내가 신이지

나는 그림 그리기를 좋아하지만, 내 재능만으로는
아무리 노력해도 앞서 나가는 작가들을
뛰어넘을 수 없다고 생각했다.

하지만 나는 그림 그리기를 업으로 삼고 싶었다.
어렸을 때 칭찬받았던 부분을 곰곰이 생각해봤다.
나는 기획, 레이아웃, 색감, 디자인에는 자신이 있었다.
이런 것들을 종합해서 단점은 없애고 장점을 부각해봤다.
그렇게 '아찔' 그림체가 탄생했다.

좋아하고 잘하는 걸 열심히 하다 보면
정말 신이 될 수도 있지 않을까?

당신은 충분히 잘하고 있다.
그러니 자신을 몰아붙이지 말자.
만약 남이 날 몰아붙인다면 이 그림의 대사처럼
"지금보다 잘하면 내가 신이지!"를 외치면서 무시하자.

모든 사람에게 좋은 사람

한때 '모든 사람에게 좋은 사람'이 되려고 노력한 적이 있었다.

그러다 사회생활을 하다 보니, 상대하기 싫은 사람과
이유 없이 싫은 사람들이 하나둘 생겼다.
생각해보면 나도 꼭 특별한 이유가 없었는데도
누군가를 싫어했던 적이 있었다.

직접 겪고 나니 어떤 사람이 나를 내 성격, 내 외모,
때론 이유 없이 싫어하는 것도 자연스럽겠다는 생각이 들었다.

그 뒤부터는 싫어하는 사람보다는
나를 좋아하는 사람, 또 내가 좋아하는 사람,
취향이 잘 맞는 사람과의 깊은 교제에 집중해 온 것 같다.
그 사람들과 보내는 시간만으로도 내 삶을 즐기기 충분하다.

그래서, 마라탕 먹고 민트초코 먹으러 같이 갈 사람?

절망할 시간이 있으면
맛난 거 먹고 잘래

'이렇게 했었으면 어떨까, 저렇게 했었으면 어떨까?'
예전에는 과거를 후회하며 절망에 빠진 적이 많았다.

그러던 어느 날 주인공이 과거로 돌아가
자신이 했던 결정이나 행동을 바꾸는 내용의 영화를 봤다.
그때 나는 아차 싶었다.

'과거로 돌아가는 건 정말 영화에서나 나올 법한 일들이구나.
그래, 현실에서는 절대 일어날 수 없지.'

그때부터 나는 생각을 달리하게 됐다.
'내가 왜 그랬지, 후회스럽다' 대신
'아 몰라, 벌써 일어나버린 일인 걸 어떡해.
맛있는 거나 먹고 잊어버리자. 다음에 안 그러면 되지'로.

후회할 시간에 맛있는 치킨 한 조각이나 더 먹자!

대충 살려고 열심히 살고 있어요

내 꿈은 돈 많은 백수다.
대충 흘러가는 대로 빈둥빈둥 살고 싶다.

근데 이왕이면 좋은 집에 살면 좋겠다.
반질반질한 대리석 바닥에 놓인 킹사이즈 침대의
호텔 침구 속에 누워있고 싶다.

특별한 호캉스 날에만 즐기는 게 아니라
매일 저녁마다 그러고 싶다.

딱히 큰일을 하고 싶은 것도 아니고
그냥 누워만 있겠다는데, 대충 살겠다는데
이걸 이루기가 왜 이렇게 어려울까?

이 내용과 어울리는 만화가 이말년의 일화를 소개한다.
그는 누구보다도 게으르게 살기 위해
누구보다 성실하게 사는 사람으로 불린다.

다음은 그가 연예계에서 노력가로 알려진
개그맨 강호동과 인터뷰한 내용을 발췌한 것이다.

"이말년이 유명해진 계기는?"
"운이 좋았죠."
"그래도 노력은 했잖아요."
"모르겠어요."

이 단순한 대답에 강호동은 충격을 받는다.

어떻게 저렇게 대충 할 수 있지 싶다.
그는 대충 살기 위한 시스템을 잘 구축한 것 같다.
나도 그러고 싶어서 열심히 살아보고는 있다.

나중에 지금보다 더 성공해서 인터뷰할 기회가 생긴다면,
열심히 노력 안 한 척 똑같이 대답해야겠다.

"운이 좋았죠."

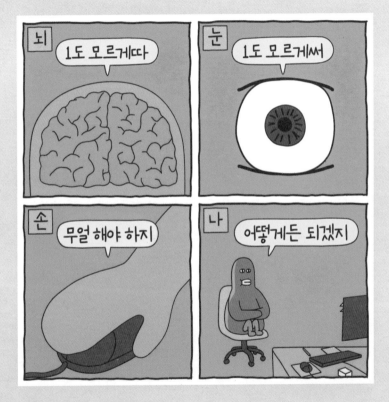

행복한 거지

나는 스트레스를 받으면 작고 쓸모없는 것을 산다.
예전에 왜 그런 곳에 돈 쓰냐는 핀잔을 들은 적도 있다.

솔직히 지금 당장 이 물건들을 사지 않는다고 해서
삶이 불편하지도 않고, 또 산다고 해서 편해지는 것도 아니다.

그럼에도 내가 귀엽고 쓸모없는 물건들을 사는 이유는
내가 행복하기 때문이다.
꼭 어떤 기능이 있어야만 쓸모있는 것은 아니다.
누군가에게는 그저 귀엽기만 해도 충분할 수 있다.

그런 소비들이 모여 내 취향이 됐고, 감사하게도
귀엽고 사소한 것들을 만드는 일을 업으로 삼을 수 있게 됐다.

그러니 당신이 좋아하는 일이
나와 남을 해치지 않는다면 계속해도 괜찮다.

이해받지 못해도 괜찮다. 내가 행복하면 그만이니까.

빈둥대기 VS 열심히 살기

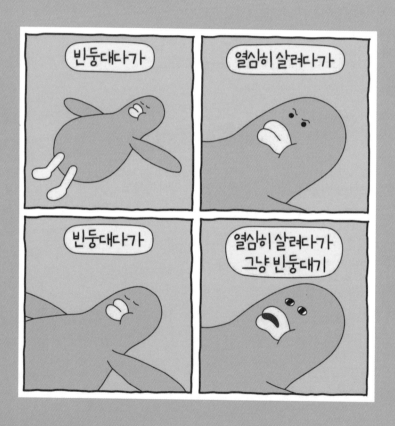

어느 날 팀원과 나눈 대화를 소개한다.

"감자가 좋아? 고구마가 좋아?"
"몰라."
"난 감자. 둘 중 하나 골라서 대답하기가 그렇게 힘들어?"
"…고구마는 밥 대용으로 먹으면 달달해서 맛있고,
감자는 가끔가다 먹으면 맛있는데,
고구마도 맛탕 해 먹으면 안 질리고,
감자는 고속도로 휴게소에서 파는
소금 솔솔 뿌려진 통감자도 맛있지.
그래서 상황마다 취향이 달라져.
그래서 못 고르겠어. 몰라."
"아니 나는 그냥 감자냐 고구마냐 물었을 뿐인데…"

삶은 선택의 연속이고 결정하기가 너무 어렵다.
하지만 '빈둥대기 VS 열심히 살기' 이 선택은 쉽다.
오늘은 빈둥대기로 결정했다.

내일의 나야 힘내라!

약간의 여유가 필요해

제주도의 돌담을 보면 돌과 돌 사이에 틈이 있다.
바람이 강한 제주에서 담이 무너지지 않게 하기 위함이다.

돌 틈으로 바람이 새어 나가면서
지나가는 바람을 약하게 만들고,
덕분에 담이 쉽게 무너지지 않는다.

무너지는 것은 한순간이다.
우리도 무너지지 않기 위해서는
'여유'라는 틈이 꼭 필요하다.

힘들면 잠깐 쉬어가자. 그래도 된다.

말을 하지 않으면 모른다

친구가 아빠와의 관계에 대한 고민을 털어놓은 적이 있다.

"아빠는 내가 뭘 좋아하는지, 뭘 하고 싶어 하는지
한 번도 물어본 적이 없어. 나에게 관심이 없나 봐."
"네가 먼저 말한 적은 있어?"
"없지. 내가 뭐 하러 먼저 얘기하냐."
"야! 말을 안 하면 어떻게 알아.
너희 아버지가 초능력으로 네 마음을 읽을 수도 없는데!"

독심술사가 아닌 이상, 대부분의 인간은
상대방의 진심을 먼저 알아챌 수 없다.
즉, 내가 말하지 않으면 상대방이 나의 마음을 알기란 어렵다.

비언어적 행동으로 자주 삐침을 표현하는 나도
그리 잘하진 못하지만, 좀 더 솔직하게
내 감정을 말하도록 노력해야겠다.

빨리, 빨리, 빨리

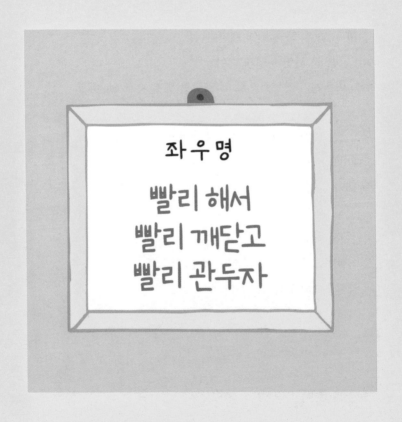

좌우명

빨리 해서
빨리 깨닫고
빨리 관두자

어린 시절 발레학원을 보내달라며 엄마를 졸라댔던 적이 있다.
예쁜 발레복을 입고 사뿐사뿐 걸어 다니던 친구들이 부러웠다.
자식 이기는 부모 없다고, 결국 엄마는 발레학원에 보내주셨다.

그런데 첫 수업 내내 발차기만 시키는 것이 아닌가!
다리를 쫙쫙 찢어대는 친구들 사이에서 어색함을 느끼고
'아, 나는 발레랑 안 맞는구나!' 하고 느꼈다.

그날 이후 발레학원을 가지 않았다.
혼이 날 걱정을 했지만, 엄마는 오히려 해봤으니 됐다고 말했다.
원하는 걸 경험하게 도와주셨고, 포기라는 선택도 존중해주셨다.
그런 경험들이 쌓여 나는 추진력 좋은 어른으로 성장했다.

최대한 빨리 실행으로 옮겨서, 빨리 깨닫고,
아니다 싶으면 빨리 관두자.

'그래, 한번 해봤으니 됐다!'라는 생각으로.

완벽주의 버리기

나는 완벽주의 성향이 강한 아이였다.
볼펜으로 글을 쓰다가 틀리면 아예
새 종이에 처음부터 다시 쓸 정도였다.

그래서 늘 모든 것은 완벽하게 준비돼야만 했다.
그러다 보니 뭐든 시작하기가 쉽지 않았고,
결국 시도조차 못하는 일들이 늘어났다.

망설이기만 하다가 시도하지 못했던 지난날이 점점 후회됐다.
세상에 대단한 도전과 완벽한 준비라는 것은 없다.
손에 힘을 주면 줄수록 손가락 사이로 빠져나가는 모래알처럼,
오히려 완벽을 위해 힘을 지나치게 쓰면 결과가 좋지 않다.

'매일 물 2L 마시기', '매일 2만 보 걷기'와 같은 목표보다는
'오늘은 물 한 잔 더 마시자', '오늘은 100보 더 걸어보자'
이런 마음으로 가볍게 시작해보자!

어제보다 물 한 잔 덜 마셔도, 100보를 덜 걸어도
당장 죽지는 않으니까!

언젠간 잊힐 작은 존재들

나는 앞으로 100년도 못 살 것이다.

당신도 앞으로 100년도 못 살 것이다.

묘하게 기분 나쁜가? 하지만 사실이다.

안타깝게도 우리는 자아가 있다.

그래서 여러 상황에 필요 이상으로 몰입하기도 한다.

지나친 감정 소모는 스트레스를 유발한다.

그러면 앞으로 90년도 못 살 수도 있다!

그러니 당신을 괴롭히는 그 사람도, 당신도,

모두 한낱 우주의 먼지라는 것을 상기하자.

우리 모두 작고 소중한 생명체라고 생각하자.

우리 모두 귀엽다!

일하기 싫을 때 꿀팁

일이 너무 하기 싫을 때 내가 쓰는 방법을 소개한다!

움직이기

1. 책상 정리
집중을 방해하는 것들을 치워보자.

2. 스트레칭
목표를 세우고 하루에 한 번씩 유튜브를 보며 따라 해보자.

3. 책 읽기
도망가고 싶을 때 자주 하는 행동. 죄책감이 덜하니 추천한다.

4. 좋아하는 간식 사러 가기
사러 가는 길과 사서 돌아오는 길 모두 행복하다.

5. 좋아하는 찻잔에 차나 커피를 내려 마시기
맛있게 마시는 것에만 집중하게 될 것이다.

6. 청소기 돌리기
간단하지만 무언가를 했다는 느낌이 드는 가성비 좋은 행위다.

7. 샤워하기

뜨거운 물에 샤워하고 개운한 몸과 마음을 만든다.

피하기

1. 낮잠

잠이 부족한 것이 아니면 사실 낮잠은 자지 않는 것이 좋다.
최소 2-3시간은 순삭이고, 정신까지 몽롱하게 만들어버린다.

2. 배부르게 먹기

졸리다, 그냥 졸리다.

3. 과한 운동

일할 에너지가 사라진다. 피곤하다.

나를 향한 칭찬

연말에 친구랑 한 해를 돌아보며 두런두런 수다를 떨고 있었다.
시답잖은 얘기가 오가던 중, 친구가 툭 내뱉은
진심 담긴 말이 내 마음을 울렸다.

"넌 작년보다 훨씬 성장했어. 매년 성장하는 것 같아.
대단하다고 생각해."

내가 좋아하는 사람에게 인정받는 듯한 느낌,
나의 노력을 누군가는 알고 있다는 안도감 등
복잡한 감정이 밀려 왔다.
나는 삼겹살 집에서 한동안 눈물을 뚝뚝 흘렸다.
친구는 무척이나 당황해했다.

나는 자신에게 칭찬이 짠 사람이다.
생각해보면, "고생했다, 수고했다, 잘하고 있다" 같은
위로를 남들에게는 아낌없이 하면서
정작 나에게는 단 한 번도 해준 적이 없는 것 같다.

혹시 여러분도 그런가?
다른 사람도 아닌 나에게, 따뜻한 말들을 꼭 건네주자.

"잘하고 있어!"

"그만해도 괜찮아!"

"네 탓이 아니야!"

"고생 많았어!"

"행복해지자!"

"넌 잘할 거야!"

"네가 제일 멋져!"

"즐겨!"

"역시, 너니까 가능해!"

"걱정하지 마!"

"항상 응원해!"

"누가 뭐래도 네가 최고야!"

나를 궁금해하지않는 사람

"어떤 음식을 좋아해?"

"어떤 일을 할 때 즐거워?"

"산이 좋아, 바다가 좋아?"

질문이 많다는 것은 그만큼 상대방이 궁금하다는 뜻이고,

이는 그 사람에 대한 호감을 바탕으로 한다.

반대로 더 이상 상대를 궁금해하지 않는다는 것은

그를 알기 위해 수고스러움을 겪고 싶지 않다는 뜻이다.

만나면 자신의 고통과 고생스러움만을 얘기하며

내가 알아주고 위로해주기를 바라던 친구가 있었다.

결국 그 친구와는 관계를 끊었다.

나를 궁금해하지 않는 사람과의 관계를 유지하는 것은

결국 나를 갉아먹는 일이라고 생각한다.

주변에 혹시 그런 친구가 있다면 거리를 두는 것을 추천한다.

그런 이에게 내 소중한 마음과 시간을 주지 말자.

나를 궁금해하는 사람, 그리고

내가 궁금해하는 사람과 놀기에도 시간은 모자라니까.

904호 할머니

우리 아파트 공동 출입문 옆에 자주 앉아 계시는
904호 할머니 이야기를 해보려고 한다.

공동 출입문을 열려면 '호수#비밀번호 4자리#'까지 다 누르고,
문이 닫히기 전에 얼른 통과해야 한다.
지팡이를 지고 걸어야 하는 할머니에게는 쉽지 않다.

그래서 다른 이웃들이 오기 전까지 기다렸다가
같이 들어가시고는 하신다.
나는 이때 문을 대신 열거나
할머니가 엘리베이터를 타실 때까지 기다리는 일,
대신 9층 버튼을 누르는 일 등의 사소한 도움을 드리곤 했다.

어느 주말 아침, '띵동' 하는 초인종 소리가 울렸다.
나가보니 904호 할머니의 따님이 선물을 들고 찾아왔다.

"904호에서 왔어요. 저희 엄마 도와주셔서 너무 감사해서요.
떡 맛있게 드시고 새해 복 많이 받으세요."

'새해 복 많이 받으세요. -904호 할머니-'

따스한 문구가 적힌 예쁜 비닐 가방에
떡국떡이 가득 들어 있었다.
감사의 말씀을 전하는 따님의 뒤로 보이던 카트에는
우리 라인의 호수만큼 비닐 가방이 가득했다.

마음 한쪽이 무언가로 차오르는 기분이 들었다.
층간소음 등으로 날 세워 서로를 겨냥하거나,
이젠 이웃과는 얼굴도 모른다는 이야기가
많이 들려오는 요즘이라 더 뭉클했다.

덕분에 추운 겨울날 마음이 따뜻했다.
나도 누군가에게 그럴 수 있는 사람이었으면 좋겠다.

당신에게는 다정해지고 싶고, 애정을 갖고 있다고
마음을 전달할 수 있는 따뜻한 사람.
당신의 친절함을 당연하게 생각하고 있지 않다고
표현할 수 있는 온기 있는 사람.

예스맨에서 벗어나기

프리랜서 디자이너가 된 직후 거절 못 하는 병에 걸렸었다.
프리랜서 특성상 미래가 불안정하게 느껴졌고,
의뢰를 거절하면 다시 나를 찾지 않을 것 같은 불안감이 있었다.

그래서 클라이언트가 의뢰한 일이라면 무조건 받고,
마감 시간이 가깝거나 양이 많더라도 거절하지 못했다.

그러나 시간과 체력의 할당량은 정해져 있다.
내가 만족하는 수준의 결과물을 만들어내지 못했고
무엇보다 불규칙한 생활 습관으로 건강을 해치고 있었다.
미래에 대한 불안함에 정작 현재의 나를 돌보지 못한 것이다.

그래서 나는 잘 거절하는 방법을 연습하기로 다짐했다.
내가 만족할 만한 결과물이 나올 수 없는 데드라인과
작업량이라면 과감히 거절하기로 했다.

대신 '잘' 거절해야 한다.
관계를 해치지 않는 것도 중요하기 때문이다.
거절을 '당한다'라고 표현하듯
거절은 누군가에게 상처가 되기도 한다.

잘 거절하기 위해서는 상대방에게 거절하는 이유를
최대한 구체적으로 설명할 필요가 있다.

예를 들어 시간 내에 목표로 하는 퀄리티의
결과물을 내는 것의 어려움을 이야기하거나,
진행 중인 다른 프로젝트 상황을 설명하며 거절하는 것이다.
그러면 오히려 스케줄을 조정해서 맞춰주시기도 하고,
목표로 하는 수준을 조금 낮춰서 요청해주시기도 한다.

다행히 지금은 잘 거절하며 일하고 있다.
다시 일을 안 주지 않을까 봐 걱정한 것이 무색하게도
작업 퀄리티와 클라이언트의 신뢰도 더 높아져
다시 업무를 의뢰해주시는 분들이 대부분이었다.

반대로 내가 거절당할 때도
상대의 거절 의사를 충분히 존중해야겠다는 생각이 든다.

잘 거절하고 잘 거절당하자.
그래야 더 오래가고 단단한 관계를 만들어낼 수 있다.

불안을 이겨내는 방법

도움이 될까 싶어 내가 불안을 이겨내는 방법들을 소개한다.

1. 복잡한 생각과 감정을 글로 기록해보기
복잡했던 생각들을 하나의 문장으로 치환하면 꽤 단순해진다.
단순해진 문장을 보면 불안의 무게가 가벼워지기도 한다.

2. 불안과 마주하기
천천히 불안을 느끼는 이유를 생각해보자.
가끔 어떤 건 '왜 내가 이런 거로 불안해하지?',
'이건 이렇게 해결하면 되겠다'라는 생각이 들 만큼 간단하다.

3. 불안 받아들이기
불안을 받아들이고 오히려 긍정적으로 활용하자.
불안하니 대비하게 되고, 그렇게 실제로 그런 일들이
일어나지 않을 가능성을 만들어 가는 것이다.

4. 도움받기
만약 위의 방법들로도 도무지 통제하기 어렵다면
전문가의 도움을 받는 것이 좋다.
힘든 시간을 단축시켜 더 쉽고 빠르게 일어나도록 도와줄 것이다.

현생에서 만렙 달성하기

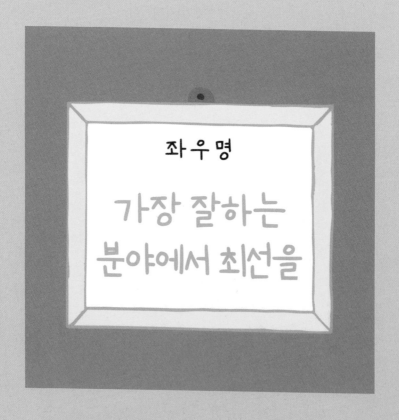

좌우명

가장 잘하는
분야에서 최선을

현생이 게임과 다른 점은 캐릭터가 하나라는 점이다.
그래서 신중해야 한다.
내가 가장 자신 있는 분야를 잘 찾아야 한다.

그다음에는 게임처럼
그 분야에서 높은 레벨이 될 때까지
한눈팔지 말고 최선을 다하면 된다.
그 과정이 지루하고 재미없을 수도 있지만 말이다.

여러분도 '나'라는 캐릭터를 가지고
현생 게임을 어떻게 즐길지 고민해보면 좋겠다.
은근히 흥미롭다.

나만의 네잎클로버

나에게는 행운을 주는 '네잎클로버 친구들'이 있다.

첫 번째 네잎클로버 친구, 우리집 복슬 강아지 베리!
베리랑 같이 있으면 자꾸 웃게 돼서 기분이 좋아진다.
그 덕분인지 주변에 계속 긍정적인 일들이 생긴다.

두 번째 네잎클로버 친구는 우리 '아찔'의 팀원들!
'아찔'을 함께 운영할 수 있어서 참 좋다.
서로의 장점은 극대화되고 단점은 보완된다.
'1+1+1=3'이 아니라 '10'이 되는 마법이다.

가끔씩 상황이 안좋거나 부정적인 생각이 들때도 있었다.
그럴 때 팀원들 없이 나 혼자 겪었을 거라고 생각하면
더 아찔하고 절망적이다.

혼자서는 힘들다면, 나에게 행운을 가져다주는
네잎클로버 같은 친구들을 한번 떠올려보자!

일 대신 복권

역시 한 번에 성공해서 벼락부자가 되는 경우는 드문 것 같다.
복권이 유일한 희망인데, 나는 귀찮아서 복권도 잘 안 산다.

한평생 7번도 구입하지 않았지만, 그 몇 번 안 되는 때에도
당첨될 수 있다는 달콤한 꿈을 꿨었다.
한 마디로 '노(No) 양심'이다.

하는 일에 고민이 많다면
자신감을 가지고 성장하기 위해 노력하는 것이
그 고민을 없애는 가장 빠른 방법이라고 생각한다.

내 의견에 공감하는 분들은 성공하고 싶은 분야에서
꾸준히 일해서 성장해나갔으면 좋겠다.

근데 나는 일하기가 너무 귀찮다.
난 이제 매주 복권을 살 거다.

Part 3.

길 위의 돌은
걸림돌인가 디딤돌인가

미루기는 즐거워 짜릿해

나는 왜 이렇게 미루는 게 재밌는지 모르겠다.

일을 미루면 아주 스릴 넘치는 삶을 살 수 있다.

(여러분에게 추천하지는 않겠다.)

그래도 내가 2년 동안 꾸역꾸역 잘하고 있는 일이 하나 있다.

바로 인스타툰 올리기다.

주변 지인들이 어쩜 그렇게 꾸준히 하냐고 신기해한다.

꾸준함의 노하우를 정리하면 이렇다.

1. 마인드 셋

나는 감정과 컨디션에 휘둘리지 않는 로봇이라고 생각한다.

2. 책임감 갖기

나에겐 지켜야 할 작고 소중한 가족이 있다고 생각한다.

'아찔'이 성장하기를 기다리는 팀원들,

생활비를 기다리는 귀요미 강아지 '베리'가 지켜보고 있다.

3. 아이디어 메모하기

재밌거나 좋은 아이디어를 발견하면 수시로 메모한다.

4. 작업 몰아서 하기

컨디션이 좋거나 집중이 잘 될 때 일을 한 번에 해치운다.

예를 들어, 업로드용 만화는 미리 네다섯 편을 그려놓고

일주일 동안 나눠서 업로드한다.

5. 포기하기

정말 아무것도 하기 싫은 날이 있다.

그러면 과감하게 포기한다.

정신과 체력이 회복되면, 1번처럼 아무렇지 않게 다시 시작한다.

여기서 주의할 점.

절대 자책하지 않는다.

나는 로봇이 아닌 인간이기 때문에 힘든 날도 당연히 있다.

그럴 땐 마지막 5번이 제일 유용하다.

푹 쉬면 정신이 맑아지고 과몰입 상황에서도 벗어나게 되며

나 자신을 객관적으로 둘러보게 된다.

여러분도 따라서 한번 해보고

만약 안 맞으면 여러분만의 방법을 찾는 것을 추천드린다.

내가 즐길 수 있는 일

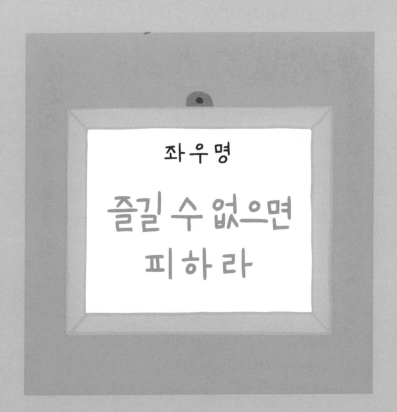

좌 우 명

즐길 수 없으면
피하라

일론 머스크가 한 인터뷰에서 이런 말을 했다.

"우리의 삶은 기술적으로 말해
가상현실이 아니라는 것을
증명할 수 있는 방법이 없다."

나도 인생이 시뮬레이션 RPG 게임이라고 종종 상상한다.
어릴 적 RPG 게임의 캐릭터를 키우며
보스몹을 잡으려고 노력했던 경험이랑
내가 성공하려고 노력하는 모습이 많이 비슷하다.

예를 들면, 한 번에 보스몹을 잡기는 정말 힘들다.
하지만 계속 시도하고 실패하면서 여러 가지 스킬을 터득하고,
잡을 때까지 도전하면 결국엔 내 캐릭터가 이긴다.

인생도 마찬가지다.
마치 게임을 하듯이 이번 기회는 힘들더라도
다시 경험치를 쌓아서 다음 기회에 또 도전하면 된다.
결국 이길 때까지 하면 된다고 생각한다.

그 과정에서 여러 문제를 겪고 해결하다 보면
어느새 전문가가 돼 있을 것이다.
그 분야의 새로운 뉴스들도 쉽게 접할 수 있고,
미래도 전망할 수 있는 능력을 갖추게 된다.
그러다 보면 즐기는 지경에 이를 수도 있다.

다만 도저히 즐길 수 없는 분야라면 과감히 피하자.
일을 즐기지 못하는 평범한 사람이 같은 분야에
빠삭하고 즐기기까지 하는 사람과 대결해서 이길 수 있을까?
상대가 전혀 안 된다.

억지로 몸담고 있으면서 유한한 삶을 낭비하지 말자.

누군가는 열심히 살겠지만
나는 아니야

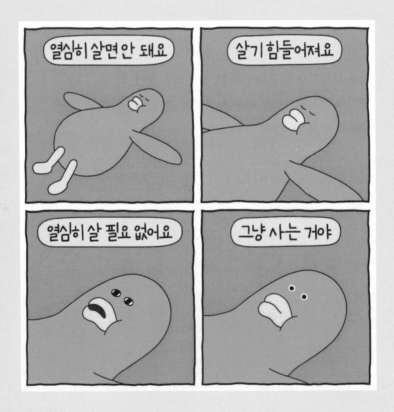

요즘 유행하는 '갓생'이 너무 피곤하다.
나는 신이 아니고 인간인데 굳이 갓생을 살아야 할까?

우리나라 사회는 남 눈치를 많이 보게 한다.
SNS에 올라오는 갓생의 아이콘을 보면
괜히 나도 따라서 열심히 살아야 할 것 같은 부담감이 생긴다.

하지만 망할 놈의 '미라클 모닝'은
고등학교 내내 1교시 시간에 등교했던
나한테는 있을 수 없는 일이다.

'열심히'란 대체 어느 정도를 말하는 걸까?
그 기준도 사람마다 너무 다르다.
원하는 미래를 위해 현재를 버리면서까지 희생하는 건 슬프다.

사실 난 우리 집 강아지보다도 게으르다.
베리는 묘기라도 부리고 밥을 얻어먹는데,
난 누워만 있다가 걍 주워 먹는다.

그냥 막 산다.

인간관계 상처 안 받는 법

지난 '서울일러스트레이션페어'에 참가했을 때의 일이다.
어떤 어르신이 내 그림이 마음에 든다며
내 사주가 궁금하다고 하셨다.
MZ세대가 남의 MBTI를 궁금해하는 거랑 비슷했다.

그 상황이 재밌어서 생년월일시를 알려드렸더니
내 성격은 인간관계를 잘 끊어내는 편이라고 하셨다.

정확하다.

사실 난 인간관계가 귀찮다.
왜냐면 너무 어렵기 때문이다.

강아지나 고양이는 이상한 행동을 하면 귀엽다.
근데 인간이 이상한 행동을 하면 정떨어진다.
이해가 안 돼서 공감도 잘 안 된다.

그래서 누군가랑 이야기하다가
나랑 결이 안 맞는다는 느낌이 들면
상처받기 전에 관계를 피한다.

예전에 다녔던 스타트업 대표님은 성격이 좋지 못했다.
직원들한테 농담하듯이 심한 말을 많이 했다.

"돈 없니? 돈 없으면 일을 더 해라."

대충 이런 식이었다.
나한테는 심한 말을 직접 하지는 않았지만,
더 있다간 나도 막말을 피할 수 없을 것 같았다.
회사 운영방식도 별로여서 퇴사해버렸다.

나름 '선빵'이었다.
왜냐하면 난 회사에 필요한 사람이었기 때문이다.
결국 그 대표님은 나한테 프리랜싱 일을 부탁했다.

극단적이지 않은 선에서, 여러분도 상처받기 전에
먼저 '선빵'을 날렸으면 한다.

인간관계 때문에 아파하는 일이 없으면 좋겠다.

다음 생은 없어

우리는 흔히 "다음 생에는 꼭 누구누구로 태어나서
이딴 거 안 하고 살아야지"라고 말한다.
그 '누구누구'에게도 그만의 '누구누구'가 있지 않을까?
그 사람은 누구일까?

내가 이겨낼 수 없는 고난이나 불행한 일이 많아지면
'나보다 더 불행한 사람은 없어.
왜 난 이렇게 태어난 걸까?' 같은 생각에 빠지게 된다.
그리고 고민 따윈 없어 보이는 타인을 부러워하게 된다.

나도 어릴 땐 항상 "부럽다"를 입에 달고 산 것 같다.
예쁜 사람, 돈 많은 사람, 재능 있는 사람을 보면서 말이다.

어느 날은 내가 지금까지 살면서 본
가장 완벽한 친구가 나에게 와서 이런 말을 했다.

"나는 글씨를 정말 못 써서 고민이야.
근데 넌 글씨 진짜 예쁘게 쓰잖아. 그래서 네가 부러워."

그 말을 듣자마자 나는 이런 생각부터 들었다.
'이게 무슨 개똥 같은 소리지?
고작 글씨를 못 쓰는 게 고민인 건가?
다 가져서 고민이라는 게 뭔 줄 모르나?'

하지만 친구의 고민은 생각보다 훨씬 더 심각했다.
글씨를 잘 쓰기 위해서 붓글씨 학원만 세 곳 다니고
어릴 때 할 법한 받아쓰기도 매일 연습한다는 것이 아닌가.
그랬다. 내 친구는 악필이 심각한 콤플렉스였던 것이다.

역시 행복은 상대적인 것 같다.
누가 누가 더 행복한가 따지는 것은
시간 낭비이자 감정 낭비가 아닐까?

다음 생은 없다.
그러니 지금, 나에게 집중하자.

나는 내가 좋은데 어떡하지

"그렇게 살면 누가 널 좋아하냐?"라는 말에서
'그렇게' 사는 예는 아래와 같다.

1. '미라클 모닝' 하려고 알람 맞춰놓고 무시하고 늦잠 자기
2. 할 일이 산더미같이 쌓여 있는데 외면하고 빈둥대기
3. 운동해야 되는데 걸어서 5분 거리 헬스장 힘들어서 안 가기
4. 밖에 나갈 일 없다고 귀찮아서 제대로 안 씻기
5. 배부르게 밥 먹어놓고 디저트 배는 따로 있다며 과식하기
6. 다이어트 결심해놓고 내일부터 시작이라며 야식 먹기
7. 일찍 잔다고 누웠는데 유튜브로 도파민 채운다고 늦게 자기

모아놓고 보니 쓰레기 같다.
이래서 아무도 날 안 좋아하나? 하지만 괜찮다.
남 눈치를 많이 보면 내가 진정으로 하고 싶은 걸 못한다.
즉, 내 정체성을 잃게 된다.
잘못하다간 내가 날 좋아하지 않게 된다.

근데 난 조금은 눈치 볼 필요는 있다.
날 적당히 좋아해야겠다.

길 위의 돌은
걸림돌인가 디딤돌인가

좌 우 명

길 위의 돌은
걸림돌인가
디딤돌인가

취미로 클라이밍을 배운 적이 있다.
난이도에 따라 밟거나 잡을 수 있는 돌이 정해져 있다.

그중 아주 작게 튀어나온 돌이 있다.
영향이 1도 없을 것 같은 작은 존재감이지만,
놀랍게도 그 돌 하나를 밟거나 잡을 수 있는지에 따라
난이도가 확 달라진다.

아주 사소해 보이는 돌이지만
앞으로 나아가게 하는 데는 충분한 가치가 있는 것이다.

이처럼 우리 삶에도 디딤돌과 같은 것들이 있다.
인내와 꺾이지 않는 마음 같은 것들이다.

조금 뒤처진다고 하더라도, 포기하지 않았으면 좋겠다.
잘 참고 기다린다면, 그 시간이 작은 디딤돌이 돼서
발 앞에 나타날 것이다.

인내는 분명 당신을 더 나은 방향으로
나아가게 도와줄 것이다.

어제와 다른 오늘

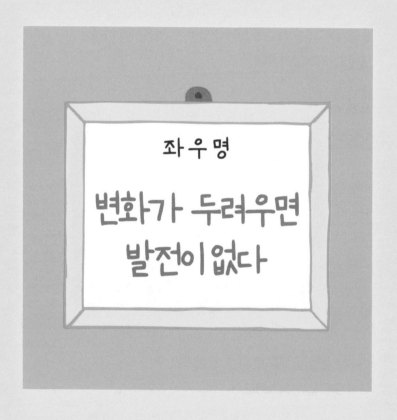

좌우명

변화가 두려우면
발전이 없다

'엊그제가 1월이었는데 벌써 12월이라니.
이렇게 일 년이 끝나 가네. 난 올해 뭘 했더라?'

해는 매번 바뀌는데 왜 연말마다 이런 생각이 들까 고민해봤다.
내가 내린 결론은 '비슷한 경험과 비슷한 사람' 때문이다.

나는 디자인을 하면서 뭐든지 내 스타일대로
만들 수 있을 것 같다는 자신감이 있지만,
가끔은 내가 뭘 해야 할지 막막한 때도 있다.
거의 매일 비슷한 일상을 지내면서
새로운 디자인을 구상하기란 쉽지 않은 것 같다.

내년에는 새로운 경험을 많이 할 수 있을지 자신이 없다.
어떻게 하면 작년보다는 다른 한 해를 보낼 수 있을까?
어제랑 똑같지 않은 오늘을 보내는 노력을 해야겠다.

그런 의미로 오늘은 아메리카노 말고 프라푸치노를 먹겠다.

다음 중 최고의 시발비용은?

스트레스를 풀기 위해 즉흥적으로 지출한 비용을
흔히 '시발비용'이라고 부른다.

문득 내 소비패턴을 돌아보니, 혹시 나도
시발비용으로 큰돈을 쓴 건 아닌가 싶다.

하지만 내 나름대로 정당한 이유가 있다.

아침에 일어나 이 닦고, 세수하고, 옷을 입고 집을 나와
아이스 아메리카노를 손에 쥐는 것까지가 내 루틴이다.
사람마다 각자의 루틴이 있겠지만, 내 하루는
아이스 아메리카노 수혈부터가 본격적인 시작이기 때문에
이 과정을 생략하는 것은 상상할 수가 없다.

그리고 나는 쇼핑도 어쩔 수 없이 하는 편이다.
물론 여름에는 티셔츠 한 장,
겨울에는 패딩 하나로도 충분히 살아갈 수 있지만,
나는 디자인 전공이다.
사회적 기대를 충족하려면 쇼핑을 하긴 해야 한다.

나는 일하다가 밤을 새우는 날이 많다.

그럴 때마다 영양분을 섭취하지 못하면 머리가 돌아가지 않는다.

그러므로 이때 먹는 야식은 살기 위한 생존템이다.

나는 대중교통 이용을 즐긴다.

서울에서 대중교통만 잘 이용하면 어디든지 갈 수 있어서 좋다.

하지만 가끔 클라이이언트를 만나는 등 일을 하다 보면

시간에 쫓겨서 택시를 타야 할 때가 있다.

늦지 않으려면 어쩔 수 없다.

써 보니까 전부 어쩔 수 없는 이유뿐이다.

뭐 어쩌겠어.

나 좀 데리러 와주면 안 돼?

세상에 못된 사람이 너무 많다.
뉴스에 나오는 참담한 사건까지 가지 않더라도,
인류애가 상실되는 일은 주변에서도 자주 일어난다.

지난 '서울일러스트레이션페어' 때였다.
어떤 분이 계산대로 '아찔' 굿즈를 집어 왔다.
그분이 휴대폰으로 계좌이체로 계산하는 동안
봉투에 담아 건네 드렸는데, 그대로 들고 가셨다.
확인해보니 결제는 되지 않았다.

다음은 코인 세탁소로 빨래를 돌리러 갔을 때의 일이다.
세탁기에 돈을 넣었는데 작동하지 않았다.
세탁기가 내 돈을 먹은 것이다!
문의하니까 환불해준다고 했다.
며칠 뒤 그 세탁소는 문을 닫았다.
결국 돈은 환불받지 못했다.

경제적으로 피해 보는 것도 화가 나지만,
감정적으로 피해 보는 건 더 짜증난다.

예전에 친구랑 한강에서 따릉이를 탔었다.
그때 실수로 길을 걷던 행인과 부딪힐 뻔했는데,
그 행인이 큰 소리의 욕설로 화를 심하게 냈다.
물론 우리의 실수였지만 기분이 많이 상했다.

이런 일을 겪을 때마다 인간에 대한 정이 떨어진다.
우리 가족이 그리워진다.
오늘도 가족한테 하소연하러 간다.

본질은 변하지 않는다

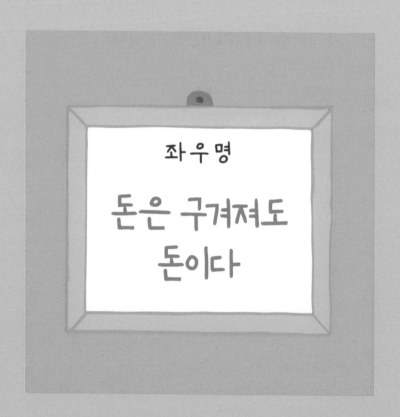

좌우명

돈은 구겨져도
돈이다

만원은 구겨져도 만원이고,
원빈은 거적때기를 입고 나와도 원빈이고,
다이아몬드 반지는 변기에 빠져도 다이아몬드 반지다.
(아마 모두가 주저 없이 변기에 손을 집어넣을 것이다.)

우리가 생각하는 가치는 쉽게 변하지 않는다.
내 가치도 그러하다.
어떤 사람은 자신이 옳다고 여기는 틀에서
벗어나기만 하면 틀렸다고 손가락질한다.
마치 그 틀이 옳고 그름의 척도가 되며,
그것으로 인해 어떤 가치가 정해지는 것처럼 보인다.

디자인을 하면서 이런 편협한 시선을 수도 없이 받아봤다.
부정적인 결과에 내 가치가 떨어지는 것 같아
초라할 때도 있었지만, 이제는 면역이 생겼는지
아무렇지도 않다.

설령 누가 내 가치를 구긴다고 해도
내 가치 자체는 구겨지지 않는다는 것을 이제는 잘 알고 있다.

나를 있는 그대로 봐주는 사람

내가 좋아하는 사람들과 있으면 마음이 굉장히 편안하다.
그들의 공통점은 '나를 있는 그대로 봐준다는 것'이다.
"넌 그런 사람이잖아"라고 규정짓지 않는 사람들이 좋다.

내가 이렇게 행동하면 이상하게 생각할까,
저렇게 행동하지 않으면 실망할까,
걱정하지 않아도 되는 관계.
그런 관계에서 나는 편안함을 느끼고 있다.

나는 누군가에게 쉽게 정의되고 싶지 않다.
나는 한 달 내내 아메리카노를 마시다가도
오늘은 바닐라라떼를 마실 수 있는 사람이다.
어제는 소설책을 읽었지만
오늘은 시집을 읽고 싶어 할 수 있는 사람이다.

그렇다면 나도 과연 다른 사람들에게 그렇게 하고 있을까?
나부터 다른 사람을 함부로 규정짓지 않으려고 노력해야겠다.
누군가에게 너그러움을 받고 있으니,
나도 누군가에게 그 너그러움을 전하고 싶다.
우리 함부로 규정하지 말고, 규정당하지도 말자.

중요한 건 꺾이지않는 마음

'중요한 것은 꺾이지 않는 마음'
즉 '중꺾마'라는 단어가 허용되는 상황은
'해야 하는 것'보다는 '하고 싶은 것'을 할 때인 것 같다.

우리 엄마가 나한테 지금까지도 하는 말이 있다.

"너는 엄마 배 속에서 나올 때부터 포동포동하더라."

산부인과에서 'GOAT 우량아'로 태어난
내 일평생 소원은 말라 보는 거다.
하지만 세상은 너무 넓고 맛있는 건 너무 많다.
다이어트에 성공하고 싶다는 마음이 자꾸만 꺾인다.
그래도 언젠가는 성공하지 않을까?

중요한 건 꺾이지 않는 마음!
꺾이는 마음보다 꺾이지 않는 마음에 한번 집중해보자.

떡볶이를 먹겠다는 마음과 마라탕을 먹겠다는 마음.
오늘은 둘 중 어떤 마음이 꺾이지 않을지 기대된다.

100%의 의미

예전에 잠깐 도시개발 회사에서 디자이너로 일한 적이 있다.
그때 팀장님이 늘 우리 팀원들에게 했던 말이 있었다.

"100%를 쏟아붓자!"

그 말을 처음 들었을 땐 '팀장님이 일만큼은
칼같이 완벽하길 원하시는 분이구나!'라고 생각했다.
그래서 일하다가 절대 실수하지 않으려고 했고,
다 끝낸 일인데도 불구하고 몇 번이고 계속 검토했다.

근데 하루는 팀장님이 그런 내 모습을 보고는
95%만 해도 충분하다며
너무 힘들게 일할 필요 없다고 하셨다.
알고 보니 팀장님의 말씀은 100% 관심을 갖되,
결과는 100%가 아니어도 된다는 뜻이었다.

이 말은 지금도 종종 생각난다.
일할 때 많이 도움이 되곤 한다.
역시 같은 말이어도 어떻게 해석하느냐에 따라 다르다.

간 보기의 달인

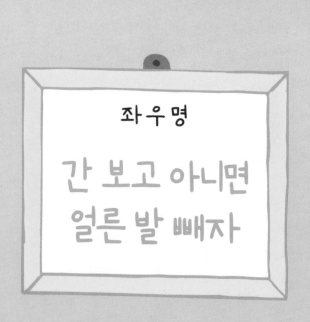

삶은 일종의 여행 같다.
나는 이런저런 분야를 탐색하면서
나와 에너지가 잘 맞는 부분을 찾으려 노력했다.

어렸을 때부터 그림을 업으로 삼고 싶었고,
당장 돈을 벌기 위해 디자인을 전공했다.
그러면서도 호시탐탐 간을 봤다.

첫 번째 간, 대학생 때 그림 전시회를 했는데
호응이 전혀 없었다.

두 번째 간, 갤러리 대표인 지인에게
그림 포트폴리오를 보여줬는데 긍정적인 반응이 없었다.

세 번째 간, 그림 유튜브를 했지만
조회 수가 1만 회도 나오지 않았다.

네 번째 간, 잠깐 일했던 회사 사무실에 그림을 놔뒀는데
지인이 구매해줬다.

다섯 번째 간, 네 번째 간을 발전시키기 위해
드로잉 계정 '아찔'을 시작했다.

위 다섯 가지 다 다른 스타일로 그렸는데,
그중 긍정적인 반응이 온 네 번째와 다섯 번째를
지금까지 이어 오고 있다.

그림 그리기로 받는 스트레스는 많지 않다.
그리고 내 에너지가 긍정적으로 바뀌어서 그런지
좋은 인연과 기회를 많이 얻었다.
이상하게 운이 좋아졌고 재밌는 일들도 많이 생겼다.

앞으로도 인생이라는 여행에서
여섯 번째 간, 일곱 번째 간도
마저 보려고 한다.

포기할 줄 아는 용기

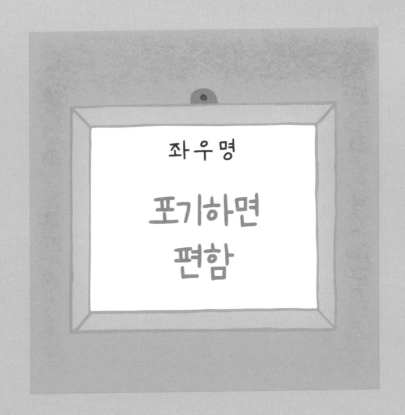

좌우명

포기하면
편함

옛날에 한 스타트업 회사에서 겪은
잊지 못할 경험을 소개한다.

당시 대표님의 달콤한 말에 속아 입사를 결정했는데,
알고 보니 '1인 다역'은 기본이고
근로계약서도 작성하지 않았던 회사였다.

대표님은 입버릇처럼 돈이 없다고 말하며
대금 처리는 최대한 늦게 해서
항의 전화는 직원이 대신 받게 했고,
틈만 나면 다른 사람들의 흉을 보는 것이 취미셨다.
그럼에도 난 그 회사를 1년을 넘게 다녔다.
쥐꼬리만 한 월급이었지만 제때 꼬박꼬박 들어왔고,
집과 가까웠고, 동료들도 너무 좋았기 때문이다.

당시에는 눈앞에 보이는 문제들을 애써 외면하려고 했었다.
작은 회사니까 디자이너가 세금계산서를 발급하거나
CS 등 잡일까지 해야 하는 건 당연히 감수해야 하며,
이렇게 일하면서 배우고 성장하고 있다고 생각했다.

그러다 어느 날 퇴사를 결심한 큰 계기가 있었다.
대표님이 새로 사귄 여자 친구가 회사에 와서
트집을 잡기 시작했을 때부터다.
심지어 회사 업무를 전혀 모르면서
잔소리하며 갑질하기까지 이르러서,
그때 더 이상 못 버티겠다고 생각했다.

그전까지는 다시 처음부터 시작해야 할 것 같은
두려움과 불안감에 선뜻 포기할 용기가 없었다.
그런데 대표님의 새 여자 친구분 덕분에
상황을 객관적이고 이성적으로 판단할 수 있었다.

혹시 지금 내 힘으로 바꿀 수 없는
불합리한 환경에 있거나 해결하기 어려운 문제가 있다면
포기하는 것도 또 다른 선택이라고 이야기해주고 싶다.

나에게 맞는 환경을 찾아 다시 시작하면 그만이다.
더 늦기 전에 그곳에서 도망치길 바란다.

기분 챙겨

미래를 위해서 현재를 희생해야 할까?

고등학생 때 좋은 대학교에 가기 위해 열심히 공부했다.
대학생 때는 좋은 회사를 가기 위해 열심히 준비했다.
회사원 시절에는 작가가 되기 위해 열심히 일했다.
그런데 돌이켜보면 그렇게 열심히 산 것도 아니다.
(열심히 했으면 좋은 대학교, 좋은 회사를 갔겠지…)
그냥 노력해야 된다는 스트레스만 받으며 대충 산 것 같다.

행복한 미래만 상상하면 현재에 소홀하기 쉬운 것 같다.
상상 속 미래의 '멋진 나'와 현재의 '평범한 나'의
갭이 너무 커서 허탈해진다.

한 프로그램에서 국민MC 유재석은
'맡은 일에는 최선을 다하더라도, 혼란스러울 때는
목표를 정하지 않고 쉬는 것'을 추천했다.

열심히 사는 것도 중요하지만 기분 좋은 것도 중요하다.
내 기분을 꼭 챙겨주자.

난 잘하고 있어

"내가 그렇지 뭐"라는 말을 좋아하지 않는다.
내가 나를 믿지 못하는데, 누가 나를 믿을 수 있을까?

자신을 믿지 못하는 사람들이 많다.
예컨대 누군가가 나를 믿어준 경험이 없다든지,
시험과 취업에 도전했지만 원하는 결과를 얻지 못해서,
혹은 외모가 마음에 안 들어서 좌절한 경험 등으로 말이다.

사실 바라는 대로 살 수만은 없다.
한 번에 성공하는 것보다 여러 번 실패하며
좌절을 겪는 일이 더 흔하다.

누군가의 스쳐 지나가는 말을 애써 붙잡고
신경 쓰거나 의미 부여하지 말자.

누군가가 나를 믿어준 경험이 없어서
나를 믿지 못하는 거라면,
지금부터 내가 나를 믿어보면 된다.

난 잘하고 있다.

아무것도 하지않기

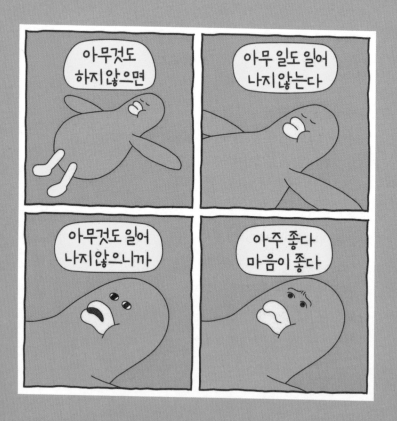

아무 일도 일어나지 않기를 바란 적이 있다.

힘든 일은 역시나 한꺼번에 쏟아진다.
친구와의 불화, 자취방 계약 문제, 집안 문제 등
내가 감당하지 못할 힘든 일들이 연쇄적으로 벌어졌다.

그때 내가 택한 방법은 잠을 자는 것이었다.
그냥 계속 잠만 잤다.
하루에 한 끼를 먹는 둥 마는 둥 하고
24시간 중에 19~20시간을 잠만 잤던 것 같다.
지금 생각하면 '아무것도 하지 않기'를 선택했던 것 같다.

그렇게 며칠간 잠만 잤더니
희한하게도 문제가 해결됐다.
당연히 문제가 저절로 해결된 건 아니고,
문제를 바라보는 내 시각이 바뀌어
조금 더 현명한 결정을 할 수 있게 된 것이다.

아무것도 하지 않는 것도 방법이 될 수 있다.
가끔은 나를 위한 이기적인 선택도 필요하다.

힘을 기르기 위해 힘을 빼자

스트레칭 강의를 들었던 적이 있다.
커리큘럼 중에 다리 찢기가 있었는데,
골반 정렬과 바른 자세에 많은 도움이 된다고 해서
일단 수업을 열심히 따라 갔다.

나는 유연성을 기르려면 이미 타고나야 하거나
그냥 고통을 잘 참는 방법밖에 없다고 생각했다.
그런데 알고 보니 제일 중요한 것은 숨쉬기였다.

아프면 고통을 참기 위해 숨을 참는 경향이 있는데
이는 오히려 몸을 수축하게 만들어서 도움이 안 된다고 한다.
제일 아프고 힘든 순간, 힘을 빼고 숨을 길게 내쉬면
신기하게도 조금씩 내 몸이 열리는 것을 느낄 수 있었다.

내 마음의 유연성도 늘리려면 오히려 힘을 빼야 한다.
긴장을 놓고 힘을 빼는 연습을 하자.
모든 관계에 힘을 쏟다가 스스로 뻣뻣한 사람이 되지 말자.

툭 힘을 풀고 깊게 숨을 내쉬며 마음이 유연한 사람이 돼보자.

함께하는 즐거움

20대 초반에 두 달 가까이 유럽 여행을 떠났을 때 일이다.

우리나라와는 달리 유럽은 에스컬레이터나
엘리베이터가 없는 건물이나 대중교통이 많다.
여행 초보였던 나는 용감하게도 짐을 꽉 채워
30kg 가까이 되는 캐리어 가방을
두 달 내내 들고 다녔다.

그 결과 대중교통을 이용할 때 너무 힘들었다.
캐리어를 던지고 싶은 마음이 들 정도로
높은 계단을 올라가야 했기 때문이다.

근데 감사하게도 많은 현지인이
내가 계단을 올라갈 때면 주저하지 않고
같이 캐리어를 들어주었다.

그때 나는 느꼈다.
백지장도 맞들면 낫다고,
어떤 일이든 함께 할수록 가벼워진다는 것을.

이후 나도 지하철에서 짐을 옮기거나
캐리어를 들고 계단을 오르는 분들이 보이면
같이 들어드리게 됐다.
내가 받았던 작은 선의를
다른 사람에게도 베풀고 싶어서다.

무엇이든 혼자 뚝딱 잘 해내는 당신이라도
힘들면 다른 사람에게 도움이나 조언을 구해보자.

도움을 구하는 것을 어려워할 필요 없다.
언젠가 당신도 도움이 필요한 사람을 도와줄 것이니
주저하지 말고 손 내밀어보자.

혼자일 때는 알 수 없었던
새로운 경험을 하게 될 것이다.

KI신서 12974

힘들어? 그래도 해야지 어떡해

1판 1쇄 발행 2024년 9월 4일
1판 2쇄 발행 2024년 11월 7일

지은이 아쩔 ARTZZIL (곽유미, 김우리, 도경아)
펴낸이 김영곤
펴낸곳 (주)북이십일 21세기북스

인문기획팀 팀장 양으녕 **책임편집** 노재은 **마케팅** 김주현
디자인 형태와내용사이
출판마케팅팀 한충희 남정한 나은경 최명열 한경화
영업팀 변유경 김영남 강경남 황성진 김도연 권채영 전연우 최유성
제작팀 이영민 권경민

출판등록 2000년 5월 6일 제406-2003-061호
주소 (10881) 경기도 파주시 회동길 201 (문발동)
대표전화 031-955-2100 **팩스** 031-955-2151 **이메일** book21@book21.co.kr

ⓒ 아쩔 ARTZZIL (곽유미, 김우리, 도경아), 2024

ISBN 979-11-7117-752-3 03810

(주)북이십일 경계를 허무는 콘텐츠리더

21세기북스 채널에서 도서 정보와 다양한 영상자료, 이벤트를 만나세요!
페이스북 facebook.com/jiinpill21 **포스트** post.naver.com/21c_editors
인스타그램 instagram.com/jiinpill21 **홈페이지** www.book21.com
유튜브 youtube.com/book21pub

당신의 일상을 빛내줄 탐나는 탐구 생활 〈탐탐〉
21세기북스 채널에서 취미생활자들을 위한 유익한 정보를 만나보세요!